学子吟

上海市青少年
民族文化古诗词创作培训班

本书编委会 编

学生作品集

上海古籍出版社

本书编委会

诗词明志
修身养心

夏秀蓉

06.3.

上海市人大科教文委主任夏秀蓉同志题词

心裝萬里
山河詞意
無限天地

丙戌年春
張偉江題

诗之为道，可以怡性情、善伦物、
感鬼神、设教邦国、应对诸侯，用
如此其重也。

凌同光摘

上海市副市长严隽琪同志视察古诗班

上海市艺术教育委员会凌同光副主任在培训班上讲话

上海市闵行区教育局局长陈效民同志在古诗班结业典礼上讲话

上海市闵行区教育局乐锡炜副局长在培训班开学典礼上讲话

上海市闵行二中余安敏校长在培训班开学典礼上讲话

古典诗词培训班筹办人员正在召开研讨会

有关领导正在视察和指导培训班学生创作古典诗词

参加古典诗词创作及软件开发研讨会的全体人员合影

由上海市闵行二中自主研发设计的"古典诗词创作辅助软件"

培训班学生在电脑上用"古典诗词创作辅助软件"创作古典诗词

培训班学生在电脑上用"古典诗词创作辅助软件"创作古典诗词

培训班师生参观范仲淹纪念馆留影

培训班学员何晓阳为市有关领导朗诵现场创作的诗词

上海市中学生"古典诗词创作培训班"全体师生合影

格津传新韵　杏园育民魂

（代序）

　　中国，是一个重视教传统的国度。中华文明得以薪火相传，很大程度上得益于注重诗教的优良传统。远则有春秋时期的孔子，曾作了"不学诗，无以言"的著名论断，近则有主张"美育代替宗教"的蔡元培、"以诗的真善美来办教育"的陶行知、"早期亲书语数行，格言科学及词章"的徐特立，他们都十分注重诗歌的审美教育功能。千百年来，通过诗教来陶冶士子的性灵、濡染学生的情怀，被无数教育者所秉承、所践行。楚辞、汉赋、唐诗、宋词、元曲涵养了一代又一代的炎黄子孙，其泽被之深，足以让我们教育工作者为之深思。古人"亡其国者必先亡其史，残人魂者必先斥其诗"的遗训，亦足以让我们教育工作者为之警醒。

　　2005 年暑期，"上海市青少年民族文化古诗词创作班"在市艺术教育委员会、市艺教中心、闵行区教育局的积极筹备下，协调了上海古籍出版社、闵行区少科站、语文学科教研员、基层学校文学社及语文教研组等各方面力量，在闵行区遴选了三十五位高二学生，开始了为期一年的诗词创作的课程培训。

　　在短短的一年中，培训班的同学们初步掌握了基本的格律知识，尝试创作了大量的诗词作品，《学子吟》这本小小的集子，辑选的便是他们的百余篇诗词习作。我们特此邀请上海古籍出版社的专家学者，对每一篇习作作了中肯的点评。

　　需要说明的是，闵行区所承办的这一届古诗词创作班，在上海市艺术教育委员会的领导下，得到了上海古籍出版社、闵行区少科站、闵行二中的大力支持，并由闵行二中设计研发了诗词创作普及型的辅助软件，引导、辅助学生开展古诗词的创作实践。着眼于学生的文化素质以期育化民族精神，这不失为明智的识见与积极的举措。希望他们能早日摸索出一套切实可行的教育、教学方法，在语文教学和丰富课外活动方面闯出一条新路。

李骏修

目　录

格律传新韵　杏园育民魂（代序）　/　李骏修

七宝中学　丁欣梓
　　吟林徽因 / 1
　　沁园春·颂"十五"规划 / 2
　　风入松·中秋异乡感怀 / 3
　　别庐州有感 / 4
　　江城子·明月夜怀阮步兵 / 5
　　无题 / 6

闵行二中　孔爱祺
　　中秋夜 / 7
　　秋竹 / 8
　　忆故人 / 9
　　感怀古人思乡情 / 10
　　秋雨 / 11

七宝中学　王　里
　　叹三闾大夫 / 12
　　当代少年 / 13
　　促织 / 14
　　秋兴 / 15
　　易水河怀古 / 16
　　十五夜有怀 / 17
　　近日观时事有感 / 18.

七宝中学　付晗玮
　　秋思 / 19
　　咏席慕蓉 / 20
　　叹黛玉 / 21

闵行三中　付　赫
　　月夜静思三首 / 22
　　如梦令·赏兰 / 25
　　茶 / 26
　　思乡 / 27
　　落叶 / 28
　　中秋忆昭君 / 29
　　伴菊 / 30

莘庄中学　冯佳祺
　　遇建国 / 31

闵行二中　孙乐萍
　　天火 / 32
　　菊 / 33

闵行中学　朱柔嘉
　　深秋夜半中庭怀乡 / 34
　　丑奴儿·中秋夜赏月忘时 / 35
　　思归 / 36

莘格中学　何晓阳
　　某日观中国地域图有感故作古绝 / 37
　　沁园春·颂十五 / 38
　　梦江南 / 39
　　采桑子 / 40
　　一剪梅·临安怀古 / 41

闵行中学　余培基
　　咏菊 / 42
　　抗战六十年祭 / 43
　　怀恩师 / 44
　　冬夜独行山中 / 45

闵行中学　张云梦
　　祭黛玉 / 46

乡愁 / 92
秋 / 93
菊感 / 94
忆秦娥·中秋 / 95

闵行二中　顾丽丽
赞师 / 96
相见欢 / 97
秋景 / 98

七宝中学　符云龙
园竹 / 99

莘庄中学　黄海燕
觅师 / 100

闵行中学　龚梦祎
忆故园菊花 / 101

闵行中学　董　菲
远眺 / 102

七宝中学　丁欣梓

吟林徽因

测绘雕镂岁复年，
博识中外古今连。
出生显贵承林姓，
不系浮云系众贤。
伤逝诗哲情谊重，
爱惜任子伉俪缘。
一生计为国家建，
万古人间四月天。

上海市青少年民族文化古诗词创作培训学生作品集

【点评】　写称颂人物的诗，以能高度概括其生平成就、性格品行为佳。这首诗在这方面作了努力，但需进一步提炼。诗中一些用语欠妥，如"岁复年"、"任子"、"国家建"等。（曹明纲）

沁园春

颂"十五"规划

十五雄韬，新绘鸿图，再谱新章。
望神州万里，幅举帜展；
　赤县千野，狮舞龙翔。
德法共施，教科奋进，
　邈邈神舟示荣光。
翻新页，更携手奥运，迈步昂扬。

江山愈是恒昌。
竞驰骋，骅骝奔小康。
更弄潮国际，扬鞭世贸，
　伸张正义，共创辉煌。
首脑云集，诚商国是，
　励精图治睦万邦。
翘首待，愿华夏吾国，万寿无疆。

【点评】　此词作为命题作业，且为限时完成，实属不易。词调选择正确，通篇谋划合理，内容层层堆进，气势愈来愈雄，颇有女中苏辛之势。不足处是句中平仄多有不合。（**胡真**）

风 入 松
中秋异乡感怀

月汹寒水欲溶秋。辉洒晓翠楼。
凝思桑梓瑶台聚，笙歌夜、弄影轻柔。
一片烟花红透，十里桂子香流。

倚栏独叹寂寥留。何处凤箫幽？
风烟渐浓蟾渐淡，借壶酒、以化乡愁。
醉里重邀亲友，问吾归邑迟不？

【点评】 词，更适合抒写幽微的情感，以乡思入词正合适，遣词造句也很显功力，只稍有几个过于坐实了的句子，如"凝思桑梓"、"以化乡愁"等，可再作一些艺术化的处理。(胡真）

别庐州有感

忆昔童稚垂髫日，
同友常约游故乡。
三国逍遥辽故地，
宋朝正义拯祠堂。
无言桑梓王君望，
悔怨华亭陆氏伤。
最恨愚禅存苟且，
单知享乐教邦殇。

【点评】此诗格律大体合符，唯首、二句不合。"昔"为入声字，仄声，此处应用平声。古诗词中，入可代平，但于初学者不宜。"约"为去声，仄声，此处应用平声。诗写得较晦涩，可多读古诗加以补救。《红楼梦》中林妹妹说熟读王、孟五律各一百首，老杜七律一百首，不愁不成一位诗翁，可作借鉴。（丁如明）

江 城 子

明月夜怀阮步兵

薄帷复鉴玉蟾宫。
付清风，忆嗣宗。
难从仁礼，咏怀竹林中。
僻径苏崖皆末路，哭彻谷，啸苍穹。

欲离权势伴醉翁。
举铜觥，意懵懂。
酒泪同凝，拟《劝进》愤悚。
自古圣贤遭人怨，孰又解，步兵衷。

【点评】怀古咏人，写得完整而铿锵。"酒泪同凝"二句，别
出窠臼，足见作者的写作功力。"拟《劝进》愤悚"，句式好，
既按文意需要而大胆改作上一下四，又不破坏上二下三的
成法（按去除书名号读；当然"愤悚"失韵不好，可改作"哀
讽"）。又"难从仁礼"作"仁礼难从"，"咏怀"作"高咏"，
"伴醉翁"作"伴眠翁"，"遭人怨"作"遭众怨"，可更合律。
（史良昭）

无　题

暮来秋雨犹淋沥，
促打庭筠更染斑。
寒浦沉鱼非尺素，
长天拂雁复空还。
起身抚瑟拨弦断，
轻褶难当侵骨寒。
衾冷无眠红泪尽，
卧听清漏夜阑珊。

【点评】诗虽名《无题》，写愁思已显见。何也？且看"暮"、
"秋雨"、"庭筠"、"寒浦"、"沉鱼"、"拂雁"、"抚瑟"、"弦
断"、"寒"、"衾冷"、"红泪"、"清漏"、"夜阑珊"诸词。唯
堆砌过多，有"为赋新诗强说愁"之嫌。（田松青）

闵行二中　孔爱祺

中 秋 夜

晚风惊醒逍遥梦，
阵阵清幽散院中。
远望嫦娥独对夜，
抚琴孤守广寒宫。

【点评】前二句享受清幽，后二句似怜嫦娥寂寞，欲说还休，能摹写唐人意境。第三句"独"是入声，改为平声较妥。（奚形云）

上海市青少年民族文化古诗词创作培训学生作品集

秋 竹

曲径幽幽通密处，
遥听飒飒转舒居。
徒步漫进深林道，
却见萧萧碧晚疏。

【点评】咏秋竹，能从听觉、视觉着眼，甚好。字面上无"竹"字，却从"飒飒"、"萧萧"描写中让人感到竹的气息扑面而来，构思颇巧。不足之处在有些遣词生硬，如"转舒居"、"碧晚疏"，非诗语，且不可解。（李保民）

秋 雨

凉风旋入夜，
沥沥雨窗前。
叹问苍天月，
何时遇红颜？

【点评】两句写景，两句抒怀，且以一问作结，引发余韵，足见作者对五言绝句的章法已颇有心得。但"秋雨"与"月"之间的联系太觉突兀。宜将末句"何时遇红颜"改为"何时照红颜"，以月之"照"包容己之"遇"，问题可迎刃而解。（史良昭）

七宝中学　王里

叹三闾大夫

空自涉江去，
忽忽将远行。
谗人固高张，
贤士更无名。
皆知世溷浊，
谁会廉贞心？

【点评】全诗格高调清，颇具水准，在同类诗作中可称翘楚。惜诗仅六句，虽有意仿古，然在得之高古的同时，却亦有残缺之嫌。若能以标准五律出之，方称神完气足。（聂世美）

当代少年

风吹浪打何忧惧，
信步闲庭自安然。
为有壮志敢破格，
肯将韶华流水间？
长江后浪推前浪，
一代新贤换旧贤。
他日腾云兴风处，
且看谈笑凯歌还！

上海市青少年民族文化古诗词创作培训学生作品集

【点评】此诗彰显当代少年的雄心壮志，层层铺开。起句已是不凡，其后句句跟进，且多用主席诗词中的词语，更助一臂之力。（田松青）

促 织

入呈官苑伴君王，
能使黎民枉断肠。
可叹芳华摇落后，
命衰身死复谁伤？

【点评】本诗立意可喜。君王视促织重于黎民百姓，是谁造成了这一局面？促织无知人有知。本诗结尾语意双关，似写促织，而实写"入呈"促织者，大有"横眉冷眼看螃蟹，看你横行到几时"的味道。（杨万里）

秋　兴

帘外梧桐雨，
云平暮山横。
静聆爽籁发，
仰觉秋风生。
岁华尽摇落，
芳意终难成。
偶然惜往日，
举杯空复情。

【点评】遣词用语多仿古体诗，而对仗老练。全诗意蕴沉着，颇见功力。这种古风式的律诗，为历代诗人所刻意追求，诗中故意连用"三平"、"三仄"，也可谓是得其真传。但句间的失粘、失对，不宜太多，否则会破坏"律诗"一面的感觉。（史良昭）

易水河怀古

往昔悲歌处，
今朝映落晖。
图穷匕首见，
壮士竟难归。

【点评】古今对照，而生感慨，直起直落，浑身有力，戛然
而止，得绝句法。唯"匕"字失律，当再琢。（奚彤云）

十五夜有怀

披衣步中庭，
独伫对月明。
冷露沾玉桂，
微云淡星河。
世事忽不定，
离合总关情。
遥知怀远处，
应觉海潮生。

上海市青少年民族文化古诗词创作培训学生作品集

【点评】小诗可诵，读之有五律味道。结句"遥知怀远处，应觉海潮生"，以虚境作结，但意象具体可感，可喜，可喜。不足之处是"微云淡星河"一句失韵，改为"河星"即可。（杨万里）

近日观时事有感

徐氏扬帆去，
朝卿入域来。
岂知征战后，
犹据钓鱼台。

【点评】莘莘学子关心国事，精神可嘉。诗写日人占据我钓鱼岛事。然首一二句写徐福扬帆、晁卿入域中日友好交往之后，突然转入三四句，似太过突兀。此诗语意不够显豁。（丁如明）

18

七宝中学　付晗玮

秋　思

炎逝清风溢，
秋临意未消。
雨声邀月影，
叶痕挽芭蕉。
折柳挥君泪，
西风吐寒萧。
来年长相忆，
剪烛把酒交。

上海市青少年民族文化古诗词创作培训学生作品集

【点评】作品有拟六朝人的味道，作为一种练习是不无益处的。只是在走这个路子的时候要注意字词的运用，虽无须像江西派一样追求字字有来历，但终究要不妨碍读者的理解想象。譬如第四句中一个"挽"字便令人不知此"叶"是否芭蕉叶了。再有"寒萧"，虽可以猜度其义，终究不是成词。格律上，"寒"、"相"、"酒"平仄有误，颈联失对。（胡真）

咏席慕蓉

夜来幽梦游故乡，
不觉清泪满衣裳。
赤子之心终不悔，
化诸妙笔竞天翔。

【点评】古诗、今诗，诗语不同，诗境则通。作者颇得此意。
前二句稍失律。（奚彤云）

叹黛玉

一袭青衣立轻舟，
十里水波过扬州。
一颦一笑皆娇柔，
双眸竟含无尽惆。
春江花月无可待，
秋窗风雨几时休。
若是魂随情永留，
可知人间多变不？

【点评】诗颇切题，前半由形、神分咏黛玉，后半抒写感慨，紧紧扣牢拿定一"叹"字。诗脉清晰，层次分明，结构完整。结句一设问，含无穷哀思。然诗用三"一"字太过重复；"青衣"或指帝妃服，或指奴婢服，宜慎用；颈联"无可待"宜改"似可待"为妥。因"木石姻缘"原本给黛玉一些希望，且与"几时休"成反对，就对仗技巧言，当较正对、同义对更胜一筹。其次，全诗于平仄格律上尚有欠缺，失粘失对者所在皆是，出句末字应仄而平者亦不乏一见。（聂世美）

月夜静思三首

其 一

非银似雪冷如霜，
暗影幽幽绕指凉。
未忍抬头空臆想，
离人现又伴谁旁？

【点评】细玩诗意，似写亲情或恋情。全诗起承转合，颇中法度。前半写景，后半言情；失意惆怅，溢于言表。首句"非银似雪"似改为"似银似雪"或"非银非雪"为佳。"暗影幽幽"欠妥，与"绕指凉"搭配不当。又，"空臆想"之"想"字与所叶之韵同，能否换为"空相忆"一类字眼？（聂世美）

其　二

飘杨落絮朦朦影，
断壁残阶冷冷吟。
天若无情何怨月，
唯将泪付广陵琴。

【点评】是诗颇富情思，写来层层递进，因景生情，因情造
情，情景交融，不错。但平仄互叶，不甚妥帖。又，"广陵"
乃地名，为今江苏扬州；《广陵散》为琴曲名，然琴名少见
省称为"广陵"者。"广陵琴"之连称，似嫌不伦，因其既
非广陵所产之琴，亦难以曲代琴。（聂世美）

其 三

月下霜前兴起游，
低吟浅唱不得休。
休言人比黄花瘦，
莫道心如老叟愁。

【点评】与前二诗比，是诗稍逊。"兴起游"、"不得休"，终有欠雅驯，且前句刚用了"休"字，下面复接以"休言"，此等日后作诗均当回避。又，末两句"休言"、"莫道"同用否定，意思雷同重复，在同一层面。如是，全诗显然调沉色黯，难以别开境界而收转折之功，令人觉得诗未写完，意犹未尽，被截去了尾巴。（聂世美）

如 梦 令

赏 兰

轻拢碧纱罗帐。
偷坐煮茗吟赏。
借笔欲丹青，
妙魂竟难名状。
清朗。清朗。
万古高节犹唱。

【点评】小令即景抒怀，颇有对兰忘情之意。"偷坐"不妥，
改"闲坐"如何？（曹明纲）

茶

裊散三分绿，
萦消一缕烟。
言评褒有贬，
苦亦不求全。

【点评】前两句对仗，初学大不易。末句有寄托，得风人之旨。唯"烟"、"全"在旧诗韵中属不同韵部，今后作诗宜留意。（丁如明）

思 乡

秋风飒飒凭空起，
将士依依也望东。
草色烟光寒照里，
莼香雾障独影中。
春秋日月春秋雨，
昨夜星辰昨夜风。
但使边疆无战事，
乡情怎比我心忠！

【点评】初学写诗，有如此成就，真难为了作者。诗取一古代战士的思乡情结，而最后于爱国爱家之间作出选择，费尽心思。中间两联无初学者写律诗的合掌之病，而是将戍守之地与家乡两两对照，可以见出诗思的缜密。只是遣词造语还欠雅一点。（丁如明）

落　叶

庭前本是繁荣树，
渐至秋来不复青。
有意逍遥学落絮，
无心坠落打浮萍。
喧嚣将相身前去，
落魄游人手里停。
一任秋风凭地起，
东西南北各飘零。

【点评】本诗"有意逍遥学落絮，无心坠落打浮萍"一联较胜，但与后面几句联系起来读，就觉得整首诗语意重复太多，说来说去，不出"飘零"的意思。（杨万里）

中秋忆昭君

金樽玉箸酒微凉，
不见堂前燕绕梁。
又到秋来月圆夜，
欲得杨柳却闻羌。

【点评】全力渲染昭君出塞后于中秋之夜孤寂惆怅的一幕，以昭君之忆（"不见堂前"、"欲得杨柳"）来缴足题面的"中秋忆昭君"，有全神投入、交融时空之妙。"闻羌"指"闻羌笛"，在古诗中称为"歇后"，由于前人有"羌笛何须怨杨柳"的名句，故此处的歇后可以成立。（史良昭）

伴　菊

菊舒北圃霜羞染，
萍碎东池风惹邻。
红豆怜谁春更晚，
青葩伴我秋还晨。
皆言君子高节重，
不解伊人愁怨真。
莫叹不如八月夏，
且知又是一年春。

【点评】起联即对仗，直点题旨；"风惹邻"有"吹皱一池春水"之馀韵。次联为倒装句法，实云"谁怜红豆"、"我伴青葩"，工整中见清新。颈联作流水对，"高节重"、"愁怨真"虽非新词，亦隐约《石头记》中阿颦之风。末联是律诗结句正法，唯"八月夏"三连仄，乃白璧之微瑕。（田松青）

莘庄中学　冯佳祺

遇 建 国

怀才不遇雪冰心，
名落孙山萧瑟情。
难遇良师寻觅觅，
建国绝顶照光明。

上海市青少年民族文化古诗词创作培训学生作品集

【点评】尽管人生有许多的挫折，然终有大放光明之时。诗中铺垫遭遇的打击磨难，诗句毫不气馁之情溢于毫端。（李保民）

闵行二中　孙乐萍

天　火

黄沙起舞云飞扬，
紫塞昏烟笼万庄。
烽火绵绵延地啸，
山河铮铮动天狂。
援戈挥日攻无备，
行马流牛庆有行。
笑望敌军连败北，
迎歌醉饮满国香。

【点评】铸词甚壮，能形容气势。颈联暗用两典相对，转接有力，颇得律诗之法。（奚彤云）

丑奴儿

中秋夜赏月忘时

寒晕微沁消积暑，
蟾兔东楼。
蟾兔东楼。
星汉泥辉失斗牛。

凡尘烛影遥相映，
悦目难收。
悦目难收。
已见金轮初探头。

【点评】取材布局都好，唯用词造句还有一些问题：文言"忘时"和今天的忘记时间有区别，不局限在短时，一般取忘记时事、忘记时节的意思。至"泥辉"二字则殊不可解。另外，前人词牌有别名是因为音乐的关系，今人填词无关音乐，不需在词牌名上求怪异，这样反生隔膜，这首就作《采桑子》更好。（胡真）

思 归

未改口中音，
额边鬓已霜。
餐羹思陆士，
啖脍忆张郎。
望月归心切，
闻箫客愁惶。
浮云知我意，
片片雁书囊。

【点评】他乡游学，思乡之肠九转，诗足以达之。三四句用思归典甚切，但这一联有"合掌"（上下句意思相同或相近）之嫌。大凡律诗中两联，上下句意思宜远不宜近。又，首句"音"字与下"霜"、"郎"等字不押韵，故此句可改作"未改乡言语"。次句"额边鬓已霜"，青春学子无乃太早乎？"少年不识愁滋味"，"为赋新诗强说愁"，一笑。且"额边"、"鬓"，也有语病，可改"鬓边发已霜"。（丁如明）

莘格中学　何晓阳

某日观中国地域图有感故作古绝

还似溪畔浣笙歌，
青冢遥望渭水河。
可怜温侯堂上女，
浊泪空流马嵬坡。

上海市青少年民族文化古诗词创作培训学生作品集

【点评】一句咏一美，虽古有此格，而颇难初学，易成点鬼簿耳。古人云：初发康庄，却寻幽径，终归大道。（奚彤云）

沁园春

颂十五

红日东升，满地朝霞，绚丽曙光。

看江山万里，平铺锦绣；

　人民十亿，昂首眉扬。

做主当家，勤劳致富，

　日子脱贫跨小康。

颂十五，有阳光普照，万世祯祥。

春风绿透城乡。

拨云雾扬帆万里航。

喜神五腾飞，禹迹重光；

　奥申入世，双喜交相。

西部开发，赞歌四起，

捷报频传战绩煌。

三代表，指导新航向，经典篇章。

【点评】在短短百余言中概括"十五"的五年成就，颇属不易。虽多用新词，却不失典雅。可谓中学生中的大手笔。（田松青）

梦 江 南

堤畔柳，
几日尽随风。
孤禽鸣穿涟漪雨，
轻桨划破晚春容，
画舸镜明中。

【点评】有小令轻盈活泼的风致，足见作者对令词艺术有独到领悟，"孤禽"两句对仗亦见清巧。唯"涟漪雨"、"晚春容"这类词语略显生硬。（杨万里）

采桑子

别伊不过名都路，
盈水星瞳。
凝语嗔容。
长恨佳时一簌空。

离人莫奏《阳关》曲，
何日相逢？
清泪几重。
没入盈盈笑语中。

【点评】 描摹送别心绪很是到位，末句又以反衬手法写凄婉心境，有意趣！唯第一句有些费解，"一簌"语亦不伦。（胡真）

一剪梅

临安怀古

瑕月流华自悠悠。
风波亭前，凝语伤秋。
吴山望断几曾全，
纷乱堪休？故国空忧！

忠义何须拜武侯。
完璧难收！乳将苍头。
百年犹梦少年时，
铁马金钩，续战中州。

【点评】初步接近怀古诗词的气格，至少形似已经没问题了。
然而仔细读来还有生手的痕迹——瑕月、乳将、续战皆显生
硬，影响了整篇的顺畅，需靠多读前人作品来进一步提高。
（胡真）

闵行中学　余培基

咏　菊

向来秋色总悲廖，
寂寞霜天枯瓣飘。
故国繁华思点玉，
他乡冷落忆花娇。
幽幽玉瓣留孤节，
淡淡花香抒九霄。
待到重阳登素岭，
伴月菊影映木桥。

【点评】七律已像模像样，还可以从下几个方面进行修改："思点玉"、"忆化娇"造词略显生硬；诗中两个"瓣"字，两个"花"字，重复。（杨万里）

抗战六十年祭

白山黑水狼烟起，
炮响卢沟惊九州。
血雨腥风飘不尽，
尸横遍野漫无休。
兵民齐志歼倭寇，
国共并肩抗敌酋。
甲子一轮难忘耻，
英雄伟业永长留。

【点评】诗中咏国共并肩抗日，具有现实意义。如果国共能有第三次合作，定将创造中华民族新局面。诗中有几处需斟酌：抗日战争始于 1937 年卢沟桥事变，"白山黑水狼烟起"云云，指 1931 年"九一八"事变，与六十周年不合；"尸横遍野漫无休"用词不伦，缺乏应有的感情判断。（杨万里）

上海市青少年民族文化古诗词创作培训学生作品集

怀恩师

随师数载习琴艺，
博喻谆谆伴籁音。
仙乐飘飘纤指下，
感怀昔日把诗吟。

【点评】对恩师的怀念之情，读之可感。懂得感恩，就具备了将诗写好的人格基础。诗人应有一颗赤子之心。如何将"怀"字写实，也许应强调生活的细节，俗话说一滴水反映太阳的光辉。本诗过于抽象，恩师的形象不生动可感。（杨万里）

冬夜独行山中

苍山深岭中，
冷月清霜空。
孤影青苔上，
重重拂面风。

上海市青少年民族文化古诗词创作培训学生作品集

【点评】意境清新，似王维《竹里馆》脱胎。初学诗最当重意境，遣词造语次之。"冷月清霜空"末三字犯三平调，可改作"照霜空"，或作"清月冷霜空"。（丁如明）

闵行中学　张云梦

祭黛玉

潇湘玉带林中挂，
咏絮风流何处藏。
尽受风霜希洁去，
痴心洒泪是黄粱。

【点评】学诗能用成语和典故可喜。然祭诗应写出同情或惋惜之意更好。第二句"何处藏"略显牵强。（曹明纲）

闵行二中　　张云翎

夜下望菊

暮烟晓雾衍秋烟，
众艳无言落夜阑。
桃李早归离胜景，
桂魂刚去菊开妍。
层英抹寂寥篱下，
金蕊随星点同寒。
香绕红尘绝世故，
似藏仙骨耀霜原。

【点评】是诗由表及里，步步深入，并以"桃李"、"桂魄"相比较映衬，很好。不足之处，是缺乏熟练驾驭文字的能力，辞不达意，未能文从字顺。"衍秋烟"、"落夜阑"云云，均属不伦。颈联非唯对仗不对，且遣词造语均有语病。结联有诗意，唯"世故"似改"世俗"为宜。（聂世美）

上海市青少年民族文化古诗词创作培训学生作品集

七宝中学　张奕晨

咏成吉思汗

一代天骄骨已亡，
惟余强弓供凭伤。
方年万将魂归土，
笑叹苍穹谁为王？

【点评】恃强逞王，终为世人诟病。"唯余"二字，写尽成吉思汗乃一武夫而已。（李保民）

闵行二中　张　艳

呈 吾 师

玄览纯和孺子爱，
大修庠序授金章。
业传四远人人赞，
事若严君桃李扬。

【点评】 对老师的尊爱之情，充满诗中。唯末句似可改作"坐侍春风桃李扬"，则春风桃李皆相谐和。又，诗题本作"致吾师"，对尊长不宜用"致"、"赠"等字，故改。（丁如明）

上海市青少年民族文化古诗词创作培训学生作品集

话 菊

西风飒飒姣妍落，
秋菊怡然显傲芳。
冷夜迢迢唯伴月，
凉晨瑟瑟独和霜。
白华是玉迎寒秀，
黄蕊如金带露香。
莫道篱边闲采撷，
悠然高雅慰重阳。

【点评】八句句句不离"菊"，从不同的角度层层加写，既表现了秋菊形象的秀美，又显示了其本性的坚贞，是一首成功的咏物诗。尾联用采菊东篱的典故，更实现了物与人、客观与主观的综合。对仗工整，格律也较为精准。注意扩大对句双方的意象和距离，是今后努力的方向。（史良昭）

感　秋

鹏程飒飒敲残叶，
雁字萧萧散落香。
雨冷月寒依玉井，
悲凉笑叹梦中扬。

【点评】上手对仗比较工稳，只可惜表意不明——"鹏程"用在这里似乎有问题，"落香"也很难理解究竟何指。后二句很是得法，只伤在最后一个"扬"字，动感太强了。（胡真）

闵行二中　张　慧

纪念抗日战争胜利60周年

流电飞星攻不败，
神威将士力方刚。
愤迎日寇扬军旅，
匡复河山叫尔亡。

【点评】笔调斩绝，颇能再现当时声威。末句"叫"字，文言中宜用"教"，如"不教胡马度阴山"。（奚彤云）

眼儿媚

盼　月

常倚窗前蹙蛾眉，
啼叫惹思悲。
投石池中，
惊惊飞鸟，荡荡涟漪。

更愁漫漫长日冷，
难盼月圆时。
燕儿归去，
花开花落，竟不得知。

【点评】能写出盼月人的情态和所见之景，是这首词的可称之处。若能投入真情实感而不故作姿态，则更好。（曹明纲）

闵行二中　束文静

学子吟

菊

秋风萧瑟霜凝绝，
独有芳华伴月开。
未见清清佳色在，
已闻细细冷香来。
白华瘦蕾柔如柳，
黄蕊层英傲胜梅。
隐逸超然风骨硬，
古来君子满庭栽。

【点评】咏菊，能细心体察物之色香，抓住菊之傲霜特征，突出此花不与群芳同的与世无争、风骨硬朗之品格，立意不凡。中间二联对仗工稳，唯"瘦蕾"乃花苞也，以柳喻之，不切。（李保民）

吾 师

彦真沉静兢兢业，
广聚生徒赫赫功。
桃李满园愁白鬓，
育才教众誓身终。

【点评】赞美吾师，内容稍嫌空泛平直，如能用力刻画为师教学生涯中一二感人事迹，或勾勒为师献身教育事业之感人形像当更好。（李保民）

江南春

十五盼君归

情戚戚，
心幽幽。
远舟回渡口，
银月晓我愁。
春去秋至离断肠，
何日见君立船头？

【点评】"江南春"是诗向词的过渡，唐、宋两代比较流行。此作利用此调三字句、五字句对仗的特色，以"月"和"舟"承载"十五盼君归"的题面，而感情真挚，用语朴素，带有明代民歌时调的风味。（史良昭）

秋夜感怀

昨夜虫声处处鸣，
孤灯独盼月华清。
晨钟忽鼓心神扰，
才晓思君未了情。

【点评】除个别用字还不太圆润，诸方面大致比较平衡。（胡真）

叹 李 陵

挥剑入杀场，
被俘心凄凉。
不知何日返，
惟有独彷徨。

【点评】平仄不对，看作古体更好。咏史题材的作品通常需要一些深度思考，即便是以张扬情感为主的，诗中所说也和李陵的史实有着一段距离。（胡真）

闵行二中　沈　亮

随　行

远山困云霾，
烟径晓寒青。
日暮潭影见，
暗香游浮萍。

【点评】写景由远至近，由上而下，颇得诗法。"日暮"一转，别开生面。诗中"云霾"不辞，然"困"字用得出色。就格律而言，是诗三四句同仄、同平，失律；如将末句"浮萍"改成"翠萍"，或可一救。（聂世美）

上海市青少年民族文化古诗词创作培训学生作品集

七宝中学　周郡倩

三载前一雨天闻潘君吹笛

江南四月雨霏霏，
自遣宫商任意飞。
一曲梅花犹未了，
千行暗落尽湿衣。

【点评】自太白脱胎，得情景交融之妙。唯末句"千行"嫌多，"数行"即可矣。（奚彤云）

月夜感旧

飞絮落花载满舟，
素手曾携小桥头。
今宵又见当时月，
未知婵娟相忆不？

【点评】全诗轻倩而富有情致，层次清晰，风神摇曳，很可见作者善于学习、借鉴古诗作法的用心用力。诗末设问，含蓄有味，留下充分想象之余地。所惜因初学而诗之二、四句失律，若日后注意改正提高，可以走得更远。（聂世美）

阴雨天气听得笛声忆故人

三载从别未再逢，
阑干倚遍问飞鸿。
梅花落尽成泥久，
犹怕闻笛旧雨中。

【点评】写出别后相忆之情不易。笛与落梅素有关系，借用
自然。"从别"生硬，不如径用"离别"或"相别"。"旧雨"
亦可酌。又首、末句平仄不谐。（曹明纲）

雪梅香

近中秋

作月犹缺，西园几日又中秋。
问天涯何处，婵娟共赏风流？
雨后寒蝉怨枝，水边凫鸟宿沙柔。
渐风住，寂寞光华，天净云收。

偷偷。
起沧海，半掩愁眉，半露娇羞。
绕雾穿云，遍寻昨日辞酬。
怎奈今年照离别，不堪佳节怕抬头。
空惆怅，但愿清辉，长送行舟。

【点评】题为"近中秋"，是中秋尚未到；内容亦有此意。因有离别而不堪佳节圆月，意思可取。"作月"词涩，当酌改。后半阕写景抒情，颇有古人意。（曹明纲）

满 庭 芳

重游朱家角

烟笼江桥，露盈岸草，旧雨连夜催人。
自摇兰櫓，聊看水沉沉。
依旧游人笑语，又谁念，昨日残春。
清风岸，几番飘絮，吹断梦销魂。

无痕。
曾几日，同舟泛雨，相待晴雯。
画楼辨琴声，商量《阳春》。
丝竹管弦尚在，今只怕、拂耳纷纷。
人何在？暮云映柳，寂寞又黄昏。

【点评】读之不胜"人面桃花"之感。以景语结束全词，含蓄蕴藉，有不尽之意。不足之处是上下阕语意重复。这类词作法，一般是上阕写景或叙事，下阕回忆，造成一种今昔对比的艺术效果。（杨万里）

叹 菊

一樽清酒酹琼枝，
和月低吟故人诗。
不见故人锄艺圃，
但余明月照东篱。
新霜不解凭栏意，
朝露难为计逢期。
瘦蕾无言空对望，
为谁憔悴损芳姿？

【点评】写友情，真挚可感。立意还可更清晰些，"菊"与友情之间，有何联系？象征还是比喻？咏物诗不脱此两端。
（杨万里）

客中愁思

问月何由向客圆，
他人有恨自婵娟。
九天孤照无人伴，
千里独行谁复怜？
鹤唳华亭飞叠嶂，
马嘶驿宿向平川。
鞍前回望来时路，
满目江南杨柳烟。

【点评】全诗浑成，声韵高亮。颔联尤佳，有气派，出于女同学之手，真乃不易。但是"无人伴"与"谁复怜"对仗不稳，"华亭"为专名，对"驿宿"亦欠工整。（丁如明）

咏阮嗣宗

昨日杯前迫拜侯，
今朝千字怨风流。
即能借得三分醉，
怎奈穷途不敢留？

上海市青少年民族文化古诗词创作培训学生作品集

【点评】运用"昨日"、"今朝"的对比，表现出阮籍对王侯权贵的不合作态度，更写出了他在严酷的黑暗现实面前的苦闷。末句"怎奈穷途不敢留"是点睛之笔，借用阮籍"恸哭穷途"的典故，而以"不敢留"三字加写，有"未到穷途，已有末路之感"的寓意，颇为成功。（史良昭）

闵行中学　郑方华

记抗战胜利60周年

遥记八年风沙漫，
蒙蒙弥天掩青空。
铮铮冷锋交叠至，
腥腥血雾逼长虹。
弱柳不屈迎霜折，
松柏集耸要擒风。
驱得蝇虫重见日，
抱定一心事总成。

【点评】首尾有起有结，中间善用喻象推进诗意，文字得法。但失律较多。第七句不宜用"得"字，有驱蝇虫去见天日之歧义。（奚彤云）

咏 菊

东方渐日生薄露，
有菊一株摆晨风。
细叶随风依香冷，
凝珠入水了无踪。
不屑桃低媚人眼，
难效菟丝附女萝。
水中鲤鱼不耐去，
为谁铮铮立铁风。

【点评】前半正面刻画，已得气象，后半转藉衬托，于"起承转合"颇为得法。但失律处较多，第六句孤平最甚，切忌切忌。（奚彤云）

上海市青少年民族文化古诗词创作培训学生作品集

寄　师

芒履布衣不自轻，
尘世无常能宽心。
莫言不惑徒且过，
待我来日再操琴。

【点评】此诗乃为师画像。前二句揭示为师安于清贫，自爱自重，虽世态多变，却泰然处之的品行，写得较有声色。第三句突然转折，乃替为师立言，虽到中年不会得过且过，意志消沉，来日定会有一番作为，意思翻进一层，更加突出为师可敬的形像，尤有气势。（李保民）

叹 曹 植

夏华团团簇胜锦，
瑟起秋风各枯零。
夜露渐浓湿襟袖，
孤灯一点向晚亭。
昔时暖香将散尽，
今日冷雨尤不停。
枝上残花已零落，
东风半点不留情。

【点评】设身处地，将秋夜冷雨中曹植抚今伤昔、失意寡欢的一幕表现得淋漓尽致，中间二联，意境推进，使题中的"叹"字愈演愈烈。"东风半点不留情"更是天然好句，不过从全篇连贯的意义上说，"东风"不得不改为"西风"或"东君"。（史良昭）

七宝中学　郑依菁

咏 菊

落落西风催叶黄，
某花偏欲此时香。
正瞧庭院无佳色，
唯见篱边几痕霜。
无怨无愁无戚容，
一幽一傲一素装。
女中谁谓真君子，
惟有重阳白玉堂。

【点评】本诗以菊喻人，立意可佳。将迎霜开放的菊花与不落流俗的女子（或者诗人自我）结合在一起，可谓善于咏物者。颈联三"无"对三"一"，难度极大。不过古诗中从不用"瞧"字，再如"某花"不如改成"此花"更好。（杨万里）

72

中　秋

金风细细过阁楼，
无奈佳节偏逗留。
独坐窗前凉月透，
也无杯酒也无愁。

上海市青少年民族文化古诗词创作培训学生作品集

【点评】以"中秋"为题，却写出了有别于佳节气氛的另一层真实意绪，不落常套。"无奈"、"独坐"已显愁意，结句偏说"也无杯酒也无愁"，这不是强作达观，而是在这一特点环境中检阅内心世界的自然流程，恰恰与首句中的"细细"遥相照应。"阁"、"节"入声，古诗皆作仄读，今后应予注意。（史良昭）

秋

红橙黄绿靛，
秋色好容颜。
菡萏虽相倚，
韶华尚未残。
金风伴暮雨，
洗尽泪阑干。
莫道悲愁苦，
鸣虫歌正欢。

【点评】以五色起句，斑斓；又以之摹秋色，新奇。颔联有对，颇佳，唯出句中"菡萏"为连绵词，而对句中"韶华"非连绵词。颈联不对，可憾可憾。古人写秋天常以悲愁为基调，此诗则反之，末联即见此匠心。（田松青）

闵行二中　姚依辰

呈 恩 师

寒窗数载得恩泽，
怎奈当年意气深。
昨日恩情难为报，
只愿成才谢恩心。

上海市青少年民族文化古诗词创作培训学生作品集

【点评】以"成才"回报，可谓不费为师一片苦心。原诗题作"赠恩师"，不当。师为尊者，用"赠"字非恭谦口吻，故改"呈"字，以申恭敬之意。（李保民）

咏 菊

秋风吹罢千花落，
惟有菊花占鳌头。
淡色星罗压群艳，
冷香云布漫山丘。
曾闻紫艳樊川院，
再见黄花彭泽舟。
又是一年登高际，
得知佳友满九州。

【点评】颔联就"菊"本身落笔，颈联接用杜牧和陶渊明爱
菊的典故，尾联更是推扩到人事，"得知佳友满九州"言菊
言人，意兼双关。全诗层层推进，咏物而不粘滞于物，感情
也十分自然、真实。（史良昭）

浦江高中　姚春岚

寄　师

蓬莱岸畔逢幽客，
可叹无息已五年。
莫道炉烟天地远，
将凝四韵和朱弦。

【点评】前句写梦境，以蓬莱幽客暗示已死之师，师生死生不见已匆匆五载，何其悲也！"莫道"二句写祭悼之情，拟献诗和弹琴怀念亲爱的老师，格调高雅，浓浓地反映出学生对老师的无尽的哀思，诗意显得尤为凝重。唯"炉烟"一词费解，未知所云。（李保民）

上海市青少年民族文化古诗词创作培训学生作品集

西江月

踏　青

昨夜风斜雨骤，
落英凝香残柳。
欲问守林人，
却道桃花依旧。
争嗅，争嗅，
但把青衫湿透。

【点评】词意活泼可喜，清新之气扑面而来。不足之处是模仿的痕迹较明显。另外，春天里的柳树最欣欣向荣，不能称"残柳"。（杨万里）

咏 菊

杨妃欲罢人微醉，
西子愁来对镜怜。
绿萼绀裙千叶影，
黄花素锦百枝然。
疏烟缕缕延龄药，
篱下亭亭独展研。
隔座香分三茎露，
寒英秋瑟撒金钱。

【点评】从诗中的遣词造句来看，作者对唐诗已有了较多的耳濡目染，"绿萼绀裙千叶影"、"隔座香分三茎露"等句，置入古人诗中都几可乱真。但颈联有疵，"篱下亭亭独展研"可改为"篱下亭亭饮酒篇"。"延龄"为菊名，《饮酒》是陶渊明"采菊东篱下"诗的篇名，以篇中的菊可反照篱菊的"亭亭"。（史良昭）

泛　舟

日暮随船走，
蝉残绕榭游。
风鸣千叶树，
月照一扁舟。
夜色凉如水，
流岚染鬓犹。
婆娑河畔柳，
能不惹回眸？

【点评】按题赋诗的大要已经掌握了，尾联尤有味道。对仗还有欠缺，颈联失对。颔联"千叶"对"一扁"，结构似有问题，然若以"千叶树"对"一扁舟"读之，忽见巧思。（胡真）

少 年 游

秋日登西山

银丝初歇，流岚淡拢，
如在梦中游。
特特寻芳，翠微深径，
但见小钟楼。

低声问，泊船何处？
溪水引花洲。
点点残荷，醉枫微染，
结伴倚清秋。

上海市青少年民族文化古诗词创作培训学生作品集

【点评】对了，词的路子就是这样的！只是未知"银丝"是
啥？"流岚"又是啥？（胡真）

田园高中　查秀文

秋　菊

西风扫尽落繁花，
随夜飘零入我家。
秋色不知金镜照，
苔阶独隐不需夸。

【点评】亲切隽永，黯然有味。末句"需"当作"须"。首句
"扫尽"与"落"略有重复之嫌，改为"到处"如何？（奂
彤云）

雨天吟诗有感

夏雨霏霏魂梦牵，
前途漫长担负肩。
熟读放翁《书愤》悟，
今世荒湛苦来年。

【点评】首两句好。"铁肩担道义，妙手著文章"，青年学子当有此志向抱负。第三句"悟"字似改"语"字为好。末句与全诗不称，且词意较晦涩。又，全诗不合平仄格律：第二句"长"字处应用仄声，"负"字处应用平声。第三句失黏，应作"平平仄仄平平仄"，此处作"仄仄平平平仄仄"。第四句"来"字处应作仄声。这里且照诗意、用辞改作如次："霏霏夏雨梦魂牵，前路漫长责任艰。熟读放翁书愤语，顶天立地一青年。"或者仍用仄起式为："夏雨霏霏魂梦牵，前途重任负双肩。放翁书愤千回读，支柱乾坤我少年。"（丁如明）

无　题

月照秋波残叶乱，
西风无意引寒冬。
萧声瑟瑟凄凉漫，
花谢花开泪已空。

【点评】律句的运用已经比较熟练，对绝句的谋篇还需多读
以期有所领悟。另外，《无题》是一个比较危险的题目，虽
可以逃避具体内容的限制，但因为李商隐做得太出色了，读
者对这个题目的作品所包含的层次多少要求很高。（胡真）

夜月怀人

月行随我影，
似是好团圆。
不饮他乡酒，
只思故人言。

【点评】"不饮他乡酒，只思故人言"，写怀人诗句，前所未见，有创新，但有强求对仗之嫌，感觉有点不自然。（杨万里）

闵行二中　倪鲁

无　题

枫叶荻花秋寂寥，
漫长岁月苦难熬。
金樽清酒平千怨，
无尽悲伤化叶飘。

【点评】就四句来看，作者状态很不稳定：三句差不多，只第二句有点打油；别的词句都挺明白，只有一个"千怨"非常别扭。做诗不要求快，不要草率，反复推敲一下，平衡、修补，这很重要。（胡真）

田园高中　凌姗姗

满 江 红

旧世垂髫，衣食住，朝难保夕。
哀鸿泣，豺狼咧嘴，鬼魔枪逼。
父死望儿归不得，母伤携弟沿门乞。
盼黎明，旭日快东升，万民吉。

天大亮，黑云匿；太阳出，枷锁劈。
红旗展欢颜，征途奋疾。
坎坷流年自此去，峥嵘岁月从兹始。
树雄心，战斗至终身，长眠息。

【点评】上阕铺写战乱年代，下阕笔锋陡转，形成对照，铢两悉称。唯此类政治题材，不妨入诗，词者意内言外，要眇宜修，颇忌毒病唇吻。"咧嘴"可改为"嘴咧"，与下句对仗。"始"字非入声，不合律。（奚彤云）

咏 曹 操

殿走青蛇西日渐，
星移物换几重逢。
举杯向上怀星月，
洒泪朝天忆战功。
和唱寒溪惭不及，
遨游赤壁敢相从？
愿君常把流光盏，
永驻颜红复酒红。

【点评】此诗合律功夫最佳，颈联结字端严，造句有力，居
然老手。相比之下，颔联稍欠顿挫。宜多参杜律句法，当更
有精进。（奚彤云）

相 见 欢

青梅弄月轻飞，月已归，
夜半静怡独饮酒三杯。

君不见，相思恋，只空回。
又见残眠孤影，泪双垂。

【点评】营造一种氛围，表达一种无言的情怀，读之可喜。不过，"青梅弄月轻飞"过于晦涩。"青梅"如果代酒，只能说是"酒舲"或"酒舺"轻飞，决无"飞青梅"的说法；如果是"目轻飞"，则与"青梅弄"无干。这类句子似乎可以进一步琢磨。（杨万里）

咏桃花源

银山玉岭乳河香，
田舍娇屋锦绣装。
殊胜桃源千古醉，
仙乡秘境永流芳。

【点评】咏山水秀美、农家美好生活，喜庆气息呼之欲出。可议之处，诗题"桃花源"与第三句"殊胜桃源"有碰撞之嫌。又平仄稍有不调，第二句"屋"乃入声字，宜改为平声。（李保民）

友人惜别

数载光阴在一时，
几多情重两心知。
秋晴万里言珍重，
方寸鲛绡透挽辞。

上海市青少年民族文化古诗词创作培训学生作品集

【点评】此诗有些意思，数载同窗共砚，一旦分手，离情依依，情见乎辞。平仄合律。第一句"在一时"似可改为"共一时"。第四句"透挽辞"不好，语意晦涩，似可改成"方寸鲛绡惜别诗"，或是"迸作鲛绡别泪诗"。（丁如明）

乡　愁

无边苍穹两茫茫，
南归燕子一行行。
烟光晓风撩寂寞，
寒蝉暮雨惹芬芳。
曲岸云横天欲雨，
廊桥月映地凝霜。
残枝入海流何处，
满袖琼瑛落锦囊。

【点评】写出了乡愁的味道。意象具体可感，抓住了特定情境下的抒情载体。不足之处是意象之间的融会似乎还需琢磨："无边"与"茫茫"似乎意义重复；既云"暮雨"，又何来下句"欲雨"？"残枝入海"及最后一句，用词略显生硬。（杨万里）

秋

荷枯田沃碾尘泥，
白露零霜撩眼迷。
水墨云烟含瑟瑟，
丹青玉叶曰凄凄。
田间蟋蟀悲鸣起，
道畔梧桐幽韵依。
此景不残残菊酒，
一轮明月照东篱。

上海市青少年民族文化古诗词创作培训学生作品集

【点评】七律的总体构架掌握得不错，对仗的功夫也可以了，颈联尤佳。有些字句可以推敲一下，比如额联的"含"、"曰"二字，前者有些太实，后者有些费解。第一反应，我想换作"风"和"曰"，还有更好的主意么？（胡真）

菊 感

卷帘人瘦瘦重阳，
随影花黄透暗香。
残日晓风撩寂寞，
轻烟细雨笼悠霜。
渊明酒兴携真意，
子美诗情赞落荒。
惟觉此中含雨露，
一腔别样到柔肠。

【点评】"渊明酒兴携真意，子美诗情赞落荒"一联极佳，有律诗对仗意味。"瘦重阳"造语新奇，可谓神来之笔。唯全诗意义尚不够浑成。（杨万里）

忆秦娥

中　秋

笛声渐，中秋圆月浮华遍。
浮华遍，犹怜友客，酒觞徒羡。

弹琴吟唱复长念，曲悠辞婉哀声叹。
哀声叹，明眸熠熠，声咽情怨。

【点评】古人说"声情合一"，反映在词中，就是词调本身的情感与要表达的情感一致。本词写一种哀怨之情，比较适合于《忆秦娥》。但是，古人还强调词调运用的场合，如欢快的场合多选用《满庭芳》之类。本词写中秋，情绪似过于低沉压抑。（杨万里）

闵行二中　顾丽丽

赞　师

博学万卷通群籍，
十载寒窗隐授书。
一缕乌丝成两鬓，
执经雪业道结庐。

【点评】赞美老师博学多才，授业解惑，十载寒窗，教书育人，兢兢业业，令人肃然起敬。"一缕"句形象地刻画出老师为教学付出的艰辛劳动。（李保民）

相 见 欢

数思量，
数风霜，
勿能忘。
痛苦平添愁绪化忧伤。

风依旧，
人依旧，
望斜阳。
回首此情烟雾遍茫茫。

【点评】小词作痴情语不容易，本词能将年轻的忧伤写得可感可触，是其成功之处，以景语结束，含不尽之意。不足之处是"痛苦"一句太平实，没有用诗化的语言。（杨万里）

秋 景

夕阳千里坡枫老,
朝水长天路菊香。
月影飘黄遮碧砌,
瑶光坠白照荷塘。

【点评】两联俱对并且纯写景物的绝句很少,也很难。需要晓畅而有韵味方为上品。跟老杜的"两个黄鹂"对照一下思过半矣。所谓晓畅,不要生造词语,"坡枫"、"路菊"二词虽可解,但非诗语,创作时最好用工具书借一下力。(胡真)

七宝中学　符云龙

园 竹

立跟顽石未曾松，
移栽小园犹斗风。
满庭苍翠皆有节，
谁人多事分卑崇？

【点评】全诗理议胜于情韵，取法于宋人。诗旨落脚于"谁人多事分卑崇"固有独到之意，但因不见有人分别过"卑竹"、"崇竹"，故有生硬之感。而诗之不符格律，亦其余矣。（聂世美）

上海市青少年民族文化古诗词创作培训学生作品集

莘庄中学　黄海燕

觅　师

自古贤师苦难求，
达师良德学书游。
博文约礼循循诱，
仁笃温恭六艺优。

【点评】题作"觅师"，似应扣住"觅"字展开，本诗好在首句直接点题，可圈可点，惜后续内容未见承接照应，揆之诗意，多为赞师之词，若题改作"谢良师"之类，如何？（李保民）

忆故园菊花

梦回乡里清秋日，
门掩中庭溢暗香。
皓月照寒银白玉，
斜阳映润郁金香。
那堪霜重群英落，
能奈雪残菊独芳。
折入厢堂花醉客，
举家酌酒共重阳。

上海市青少年民族文化古诗词创作培训学生作品集

【点评】写故园之情与亲情，情感真实朴素，可喜。唯技法上，律诗讲究起承转合，全诗前面六句一路铺叙，缺乏转折起伏。"能奈雪残菊独芳"，与"清秋日"不合。又咏物诗中不宜直出题面，句中"菊"字犯忌。（杨万里）

闵行中学 董菲

远 眺

江流无尽处，
日没黛青中。
思亦随风去，
功名转眼空。

【点评】声韵流转，情从景生，所谓江流永无休止，而万千思绪随风飘去，事业功名转瞬即逝，怅然失措，无限感慨，痛不可言。（李保民）

图书在版编目（CIP）数据

学子吟 / 《学子吟》编委会编. —上海：上海古籍出
版社，2006.10
ISBN 7–5325–4373–0

Ⅰ. 学... Ⅱ. 学... Ⅲ. 诗词—作品集—中国—当
代 Ⅳ. I227

中国版本图书馆 CIP 数据核字（2006）第 023614 号

学 子 吟

上海市青少年民族文化
古诗词创作培训班学生作品集
本书编委会 编
上海世纪出版股份有限公司
上海古籍出版社 出版、发行
（上海瑞金二路 272 号　邮政编码 200020）
（1）网址：www. guji. com. cn
（2）E-mail：gujil@ guji. com. cn
（3）易文网网址：www. ewen. cc
新华书店上海发行所发行经销　上海颛辉印刷厂印刷
开本 850×1156　1/32　印张 3. 5　插页 8
2006 年 1 月第 1 版　2006 年 10 月第 1 次印刷
印数：1—3, 300
ISBN 7—5325—4373—0

I · 1866　定价：16. 00 元
如发生质量问题，读者可向工厂调换